SOY UN SUPERHÉROE

LOS SUPERHÉROES

duermen con sus monstruos

Isaura Lee — Christian Inaraja

edebé

Por las noches, los monstruos se despiertan.
Y no paran de hacer ruido: hablan, ríen, saltan...
NADIE PUEDE DORMIR.

Pero los **SUPERHÉROES** siempre estamos ahí para vigilarlos.

Vigilamos al **MONSTRUO** del ARMARIO.

Vigilamos al **MONSTRUO** del PASILLO.

Vigilamos al **MONSTRUO**
que vive DEBAJO DE LA CAMA.

Cuando se hace de noche,
Cloe olvida que es una **SUPERHEROÍNA**
y se va a dormir con papá y mamá.
TODAS LAS NOCHES IGUAL.

Y mientras, en mi habitación,
el **MONSTRUO** de la CAMA de **Cloe** ríe, habla, corretea.
Y NO ME DEJA DORMIR.

Con el cuidado que ponemos
los **SUPERHÉROES** para NO HACER RUIDO,
pego mucho la oreja a la puerta de papá y mamá.

JRRRR

(Ese es papá).

GRRRR

(Esa es mamá).

CHCHCHCH

(Esa es la Supersocia).

—¡EH, **SUPERSOCIA** MARAVILLA! —le digo.
Ella abre los ojos despacio. Me mira y los vuelve a cerrar.

—**¡EH!** —le vuelvo a decir.

Y ella abre los ojos despacio, pero esta vez **NO** los vuelve a cerrar.

La llevo hasta nuestra habitación.

—Si dejas a tu monstruo solo —le digo—, **NADIE PUEDE DORMIR.**

Cloe se tumba a VIGILAR.

Vigila
al **MONSTRUO**
del ARMARIO.

Y vigila
al **MONSTRUO**
del PASILLO.

Y **Cloe** vigila, muy de cerca,
al **MONSTRUO** que VIVE EN SU CAMA.

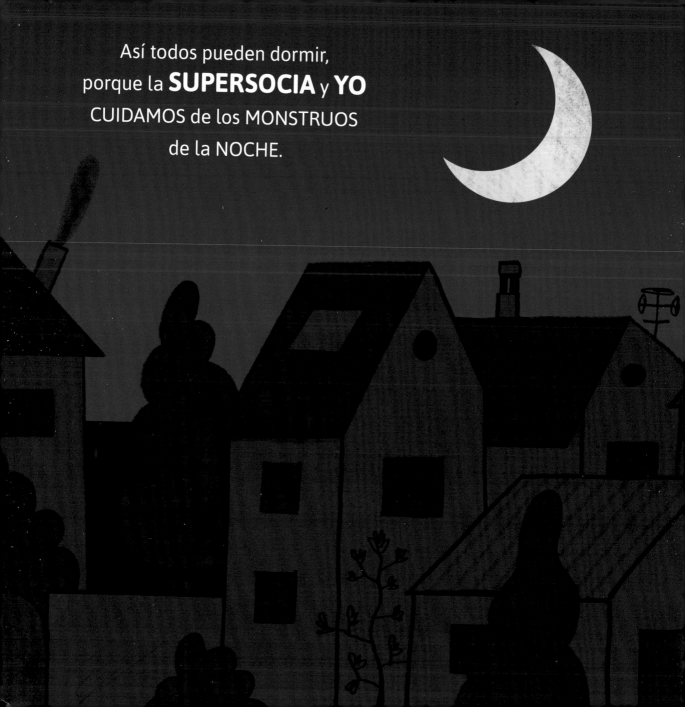

Así todos pueden dormir,
porque la **SUPERSOCIA** y **YO**
CUIDAMOS de los MONSTRUOS
de la NOCHE.

© Edición: EDEBÉ, 2015
Paseo de San Juan Bosco, 62
08017 Barcelona
www.edebe.com

Atención al cliente: 902 44 44 41
contacta@edebe.net

Dirección editorial: Reina Duarte
Diseño de la colección: Book & Look

2ª edición

ISBN 978-84-683-1613-0
Depósito Legal: B. 240-2015
Impreso en España/Printed in Spain